AF503316

LES REGRETS DE SANCHO-PANÇA SUR LA MORT DE SON ASNE.

OU

DIALOGUE DE SANCHO ET DE DON QUICHOTE

Sur le même sujet, & autres nouvelles en vers.

A PARIS,
Chez la Veuve LAISNE', ſur le Quay des Auguſtins, à l'Annonciation.

Et chez JOSEPH MONGE', ruë S. Jacques, vis à vis le College de Louis le Grand, à Saint Ignace.

M. DCC. XIV.
Avec Approbation & Privilege du Roy.

LES REGRETS DE SANCHO-PANÇA SUR LA MORT DE SON ASNE.

SANCHO Pança, de qui l'hiſtoire
Nous laiſſe un ſi joly memoire,
De tous ſes voyages fameux
Etant de retour auſſi gueux
Qu'il l'étoit avant de les faire;
Pour reſiſter à la miſere
Labouroit fort loin de chez luy,
Quand la mort pour comble d'ennuy

Pénetra sa pauvre cabane
Et lui déroba son bel Asne.
A la nouvelle du malheur,
Il pensa mourir de douleur,
Abandonna Bœufs & charruë,
Revint chez-lui bride abbatue,
Et chez son maître une heure aprés
Fut pousser ces tristes regrets.

SANCHO, DON QUICHOTE

SANCHO.

Ha ! Monsieur, que viens-je d'ap-
prendre ?
Quel accident pour un cœur ten-
dre !
Injuste & déplorable sort !
Mon pauvre Grison est donc mort
Pourquoi tandis que je travaille
A gagner des bottes de paille,
Et du Froment pour notre hyver,

Jetter les quatre les fers en l'air ?
O contre-temps ! ô coup funeste !
Aprés la famine, la peste,
Adieu mon aimable Grison,
L'honneur, la fleur de ma maison,
Cher compagnon de mes fatigues,
Qui m'as tiré de tant d'intrigues,
Qui toûjours fidelle à ma voix,
Prenois mes discours pour des loix :
Adieu, mon ami, mon bon frere,
Tu ne me reviendras plus braire,
Ni sourire si joliment :
Jusques à mon dernier moment,
Je me ferai plaisir & gloire
De te garder dans ma memoire :
Pardon, pardon de tous les coups
Dont ma main dans un prompt courroux
A chargé ton dos ou ta tête ;
Je reconnois que jamais bête

Ne le meritoit moins que toy:
Et tu ſçais auſſi-bien que moy
Que je faiſois le diantre à quatre,
Quand d'autres mains oſoient te battre:
Tu fus même ſouvent témoin
De quel air je frottois le groin
A Thereſe ma propre femme,
Lorſqu'elle affligeoit ta pauvre ame.

DON QUICHOTE.

Sancho, ne t'abandonne pas
A la douleur pour ce trépas,
C'eſt une honteuſe foibleſſe
Que de ceder à la triſteſſe;
Ne dois-tu pas avoir ſous moy
Appris à lui faire la loy?
D'ailleurs une aſne qui trépaſſe
N'eſt pas en ſoy grande diſgrace.
Chaque choſe court à ſa fin

Par l'ordonnance du destin ;
Ainsi nous devons toûjours prendre
Le mal comme ayant à l'attendre,
Et regarder sans murmurer
Perir, ce qui ne peut durer.

SANCHO.

Ce Proverbe n'est pas mensonge,
Que le mal d'autrui n'est que songe ;
Si l'on vous avoit annoncé
Que Rossinante est trépassé,
Nous verrions si votre constance,
A la faveur d'une sentence,
Tiendroit bon contre un coup pareil ;
Eh, quand même, sous le Soleil
Vous seriez l'ame la plus forte,
Dans un desastre de la sorte,
Votre pauvre cœur abbatu
Gémiroit malgré sa vertu ;

Vos entrailles bouleverſées
Produiroient bien d'autres penſées ;
Mais que le ſort par ce malheur
Ne redouble pas ma douleur :
Aprés mon accident funeſte,
Roſſinante eſt ce qui me reſte
De plus conſolant aujourd'huy.
Mon Fils ſe plaiſoit avec luy,
Il tient de ſa douce maniere,
De cette bonté ſinguliere,
Que le monde a tant approuvé,
Il eſt, comme luy, reſervé,
Rarement il s'impatiente,
Jamais il ne prend l'épouvante ;
La faim, la ſoif, le chaud, le froid
Ne le font pas aller moins droit ;
C'eſt preſque mon Griſon luy même.

DON QUICHOTE.

Voyez l'impertinence extrême

De ce ſot, de cet étourdy ;
Comment ? vous montrer ſi hardy,
Veillaque, maraut que vous êtes,
De comparer comme vous faites
Votre Griſon à mon Cheval,
Gros Payſan ! franc animal !
Avez-vous ſi peu de cervelle,
Que de nous mettre en parallele,
Roſſinante avec un Aſnon ?
Ce Roſſinante dont le nom
Eſt ſi celebre ſur la terre,
Avec qui j'ay tant fait la guerre
Tant puni de puiſſants tyrans,
Tant ſoulagé de ſoupirans ?

SANCHO.

Hé pourquoi vous mettre en colere ?
Ce diſcours doit-il vous déplaire ?
Roſſinante eſt-il mal placé
Près de mon pauvre trépaſſé ?

Si de leur amitié fidelle,
De leur tendreſſe fraternelle,
Des accolades qu'en tout temps
Se faiſoient ces pauvres enfans,
Vous aviez quelque ſouvenance,
Auriez-vous pris pour une offenſe
La comparaiſon que je fais
De deux compagnons ſi parfaits ?
Et je ſuis ſûr que quand le vôtre
A ſçû la diſgrace du nôtre,
Juſqu'au dernier point affligé,
Son amitié n'a ménagé
Ni regret, ni tendre murmure.
Hélas ! dans cette conjoncture,
Quels cœurs ne ſeroient attendris ?
Et gens & bêtes du Pays
Ont marqué, dit-on, leur triſteſſe
D'une maniere bien expreſſe :
Vous ſeul dans un pareil malheur,
Loin de partager ma douleur,

Osez me dire des injures,
Et faire des tristes censures
Sur l'état & la qualité
D'un vray magasin de bonté;
Pourroit-on plus mal reconnoître
Son zéle & celuy de son maître?
Car mon Asne, Monsieur & moi,
Comme vous le sçavez, je croi,
Ne fûmes jamais dans la vie,
Qu'une personne bien unie,
Et quand on le méprise ainsi,
Adieu, mon cœur se meurt ici.

DON QUICHOTE.

Sancho, ne t'en va pas si vîte,
D'abord ton esprit se dépite.
Je confesse que le Grison
Valoit mieux sans comparaison
Que tous les Asnes que l'on vante,
Mais quoi qu'ami de Rossinante,

Et ton fidelle compagnon,
Je puis ſans offenſer ſon nom,
Le mettre plus bas d'un étage,
Car Roſſinante a l'avantage
D'être d'un ſang fort au deſſus
Du ſang dont les ſiens ſont conçus,
Et qui peut, ſans être profane,
Mettre en bloc le Cheval & l'Aſne?
Cependant pour te faire voir
Que je ſçai faire mon devoir
Envers les perſonnes que j'aime,
Demande à Thereſe elle-même,
Si quand j'appris que le Griſon
Se trouvoit mal à la maiſon,
Je ne fis pas courir ſur l'heure,
Où notre Maréchal demeure,
Pour l'envoyer à ſon ſecours,
Luy faiſant dire que ſes jours
M'intereſſoient de bonne ſorte.

SANCHO.

La pauvre ame étoit presque morte,
M'a-t'on dit, quand il arriva,
Et ce bourreau me l'acheva.
Si Monsieur eût voulu mieux faire,
Le Medecin, l'Apoticaire,
Auroient été chargez du soin
De traitter dans un tel besoin
Le bon ami que je regrete.

DON QUICHOTE.

La douleur te brouille la tête;
Quoy! tu voudrois qu'un Medecin
Allât profaner son latin
Et la science d'Esculape
Près d'un Asne que la mort frape?
Ne sçais tu pas bien que leurs mains
Sont seulement pour les humains?

SANCHO.

Hé voilà ce qui vous condamne.
Qui fut plus humain que mon Aſne?
A qui fit-il jamais du mal?
Voyez-vous au monde, animal,
Monſieur, qui ſcache ſi bien vivre?
Eût-on fait tort à quelque livre,
En y cherchant la gueriſon
De cette enfant plein de raiſon?
Si Thereſe m'eſt bien ſincere,
Je dois croire que mon bon frere
Eſt mort d'un catharre aſſommant
Qui le frapa ſoudainement
Le jour de la derniere fête;
Je ne puis m'ôter de la tête,
Que mon bel Aſne au deſeſpoir
D'être ſi long-temps ſans me voir,
Acquit par ſa mélancholie
Le coup qui luy coûta la vie:

Rien ne parut jamais si vray,
Et tout le temps que je vivray
J'auray ce reproche à me faire,
De n'avoir pas chez le compere
Qui m'avoit donné de l'employ
Mené mon cher fils avec moy.
Je suis sûr que ma compagnie
Eût regaillardi son genie,
Et dissipé l'exhalaison
Qui l'a suffoqué sans raison.
O triste & fatale avanture !
Est-il d'homme dans la nature
Plus à plaindre que je le suis ?
Ce qui redouble mes ennuys,
C'est que la fortune inhumaine
M'a refusé jusqu'à la peine
De soigner mon pauvre animal
Tandis qu'il combatoit son mal,
Peut-être à force de clisteres
J'aurois rétabli ses affaires,

Du moins en luy fermant les yeux
J'aurois pû faire mes adieux,
Et le baiser tout à mon aise.

Les voisins m'ont dit que Therese
Avoit fait près du moribond
Tout ce qu'elle avoit sçu de bon,
Et je serois fort content d'elle,
Si l'avare, si la cruelle
N'eût fait écorcher mon ami
Dès que la mort l'eut endormi.

DON QUICHOTE.

Hé, par quel sentiment bizare,
Ne veux-tu pas que l'on separe,
Après la mort des animaux,
Leurs vêtemens d'avec leurs os?
Dequoy sert à la bête morte
La peau que sa carcasse porte?
Puisque l'homme a l'art aujourd'huy
De la rendre propre pour luy,

vI aut bien mieux qu'il en profite.

SANCHO.

Mais un Asne d'un tel merite,
Pour l'honneur de son souvenir
Devoit-il se voir désunir?
Ceux qui se sont rendus celebres
Seront-ils livrez aux tenebres
Sans aucunes distinctions?
Vous-même pour vos actions,
N'avez-vous pas fait l'ordonnance
D'être mis avec votre lance
Et votre écu dans le tombeau?
Pourquoi ne pas avec sa peau
Enterrer aussi mon bon frere?
Mais aux fautes qu'on vient de faire,
Je n'aurai garde d'ajoûter
Celle de le plus maltraiter
En vendant sa chere dépouille,
Merite-t'elle qu'on la souille

Pour la convertir quelque jour,
En laniere ou bien en tambour?
Qu'à ces uſages deshonnêtes
Servent les peaux des autres bêtes:
De celle de mon beau Griſon
Je veux embellir ma maiſon;
Un viel fauteuil qui me demeure
En ſera regarni ſur l'heure,
Et j'aurai le contentement
En la voyant à tout moment
De me repreſenter les charmes
De celuy qui cauſe mes larmes:
Car pour le malheur de ſon nom,
Il ne nous laiſſe point d'Aſnon
Qui peut en conſervant ſa race
Adoucir ma triſte diſgrace.

DON QUICHOTE.

Sancho me force à tous momens
D'admirer ſes bons ſentimens.

Il faut pourtant que je te dise
Que tu ferois une sottise,
De mettre la peau du Grison
En parade dans ta maison :
Tels meubles ne sont en usage
Dans la Ville ni le Village,
Et l'on se mocqueroit de toy.

SANCHO.

Sçachons donc la raison pourquoy.
Ha, Monsieur, ne vous en deplaise,
Cette peau couvrira ma chaise ;
S'il ne s'est point encor trouvé
De pareil fauteuil approuvé,
C'est que ma bête dans le monde
N'a pas encore eû sa seconde :
Et la mort ne la devoit pas
Condamner si tôt au trépas :
Oüi, Monsieur, plus je considere
La perte que je viens de faire,
Plus je me sens prêt à pleurer.

DON QUICHOTE.

Oh Sancho ! c'eſt trop ſoupirer.
Croi-moy, va-t-en dans la cuiſine
Egayer ton ame chagrine
Sur quelque morceau de ton goût.

SANCHO.

Mon appetit eſt mort à tout.

DON QUICHOTE.

Le Jambon le fera renaître.

SANCHO.

Vous êtes toûjours mon bon maître.

DON QUICHOTE.

Le ventre ne peut ſe trahir.

SANCHO.

J'y vais donc pour vous obéïr.

FIN.

LE BONHEUR
ET
LE MALHEUR ACHEVEZ.

NOUVELLE.

DE tout mortel la fortune ſe joüe;
Elle ſçait faire un nain d'un demi-Dieu,
Et de tel gueux qui rampoit dans la boüe
Dont on n'eût pas voulu toucher la joüe
Sa faveur fait baiſer le plus bas lieu.
De pareils cas notre Ville fourmille,
Plus d'un laquais s'y remarque aujourd'huy,
Qui tout d'un coup dépouillant la mandille
A d'autres gens la fait prendre pour luy.

Telle du monde eſt la viciſſitude,
Flux & réflux de plaiſir & d'ennuy,
Cela ſoit dit pour ſervir de prélude.

Un homme étoit que l'amour engeola,
Certains yeux bleux, beau teint, petite bouche,
Grande fierté firent cet effet-là;
Mais par malheur ſous la peau qui le touche
Mauvaiſe humeur tenoit ſes magaſins
Que les beautez par une adreſſe extrême
Sçavent cacher aux regards les plus fins;
D'ailleurs on ſçait, quand un pauvre cœur aime
Qu'il prend ſouvent verjus pour beaux raiſins.
Alphonſe donc conſumé par ſa flamme,

Voulut avoir Isabelle pour femme;
(Voilà les noms de l'un & de l'autre
Amant)
Tous ses amis lui disoient vainement
Que n'ayant pas la richesse en partage,
Que sa Cloris n'ayant pour heritage
Que la beauté, c'étoit mal fait à luy
D'avoir dessein de s'unir avec elle,
Que pauvre hymen porte en croupe l'ennuy,
Le desespoir & leur triste sequelle;
Que l'appetit qui nous vient de l'amour,
Sans gros morceaux, se perd au premier jour.
Alphonse étant un homme comme un autre,
Ne voulut pas se rendre à la raison,
Son Isabelle entra dans sa maison,
Quant au dehors ressemblant un Apôtre;

Mais auſſi-tôt qu'elle tint le mari,
Elle n'eut plus ſoin de tenir le maſ-
que,
La voilà donc orgueilleuſe, fantaſ-
que,
Le trouble en eſt le plus cher favori.
De ſon Hymen Alphonſe alors marri
Voulut envain arrêter la bouraſque;
Autre parti ne fut que de ſouffrir :
Nombre d'enfants vinrent encor s'of-
frir,
Hôtes qui font triompher l'indi-
gence :
Alphonſe étant dans ces triſtes accez,
Un chicaneur fameux par ſa ſcience
Luy vint encor intenter un procez;
Il prétendoit luy ravir par ſes titres
Le peu de bien receu de ſes parens,
Il connoiſſoit la plûpart des arbitres
De notre vie & de nos differens,
Il étoit riche & tenoit des regiſtres
De

De ce qu'on donne aux gens ſelon
leurs rangs :
Preſens trottoient, s'entend vers les
femelles,
Juges maris ſe ſont fait une loy
De ne plus rien recevoir que par elles
Pour nous marquer integrité de foy :
Ayant à faire à ſi forte partie
Alphonſe voit aller tout de travers,
Son Procureur paitri de ſimpathie
Pour le richard, luy donnoit du re-
vers ;
Son Avocat le voyant ſur ſon reſte
Ne conſultoit ni Code ni Digeſte :
Pour dernier trait de ſon malin vou-
loir,
Le ſort lui donne un Rapporteur a-
vare,
Qui pour de l'or changeoit le blanc
en noir,
Et qui de plus, pour une beauté rare

Dont l'adverſaire étoit proche parent
Depuis un ſiécle alloit fort ſoûpirant:
Eut-on jamais beſoin de tant de choſes
Pour avoir gain des plus mauvaiſes
causes ?
Auſſi déja frapé de ſon malheur
Alphonſe étoit dans un état bien triſte
Il ne vivoit que du pain de douleur ;
Jamais de maux il ne fut telle liſte :
Femme diableſſe, enfans à demi nus,
Et vol prochain de tous ſes revenus.
Mais tout d'un coup les affaires chan-
gerent,
Le Rapporteur mourut ſubitement,
Et du procez ſes confreres chargerent
Un ſien rival mépriſé hautement,
Qui pour punir ſon ingrate maîtreſſe
Dans ſon parent, s'aviſa par foibleſſe
De bien juger, condamna par Arrêt
A tous dépens, dommages, interêt,
Le chicaneur. Cette heureuſe nouvelle

Vint réjoüir Alphonse de plus belle.
Le même jour un Bourgeois opulent
Vint le prier de l'accepter pour gendre,
Ne demanda pour son équivalent
Que les appas où l'amour peut prétendre.
Dans le moment son voisin adopta
Un de ses fils sous de gros avantages,
Deux jours aprés son frere s'encloîtra
Et lui laissa plusieurs beaux heritages:
Bonheurs sur lui fondoient de tout côté,
Tout l'insultoit, tout lui devient propice,
Du bord glissant d'un affreux précipice,
Au sein des biens le voilà transporté:
Mais parmi tant de sujets d'allegresse
Restoit toûjours la source de tristesse:
Notre Isabelle empiroit tous les jours,

Depuis qu'ils ſont bien avec la fortune,
Ce n'étoient plus que ſuperbes diſcours,
Elle vouloit avoir maints beaux atours
Et mépriſoit toute choſe commune.
Elle venoit outrager celle-cy,
Pour celle-là n'a defference aucune,
Vous tient Alphonſe en éternel ſouci,
Femme jamais ne fut plus importune.
Mais par le vent un vieux tronc fracaſſé
Un beau matin tomba ſur Iſabelle,
Et du mari par ſa chute mortelle,
Il acheva le bonheur commencé.

FIN.

LE GENIE DES GASCONS,

NOUVELLE.

Revûë, corrigée & augmentée.

CHaque peuple a ſon genie:
Selon les climats divers,
Une diverſe manie
Se répand dans l'univers,
La Gent Gaſconne ſe livre
Au penchant de ſe vanter
De ſe donner dequoy vivre,
Quoy qu'il en puiſſe coûter:
Tantôt orgueilleuſe & fiere,
Tantôt baiſant la pouſſiere,
Prodigue de nuls preſens,

Et fertile en traits plaiſans:
Tel celui-cy, dont l'hiſtoire
Va rappeller la memoire,
De quel Village il étoit,
De quels parens il ſortoit,
Je ne ſçaurois vous l'apprendre,
Mais vous devez bien comprendre
Qu'il ſe donnoit à Paris
Pour deſcendu d'Alexandre,
Et pour un des favoris
De la Déeſſe Fortune;
Sa dépenſe étoit pourtant
Dépenſe toute commune,
Et non celle d'un Traitant;
Mais s'il manquoit du comptant,
C'eſt que grande negligence
Avoit ſaiſi ſes Fermiers,
Ses agens à ſon abſence
Abuſoient de ſes deniers,
Et de deux groſſes remiſes
Qu'il avoit ſur nos Banquiers,

L'une avoit de ses valises
Echapé les jours derniers,
Et l'autre pour banqueroute
Avoit resté sur sa route :
Mais il s'embarrassoit peu
D'une pareille disgrace,
Il trouvoit toûjours sa place
A la table, & prés du feu
Des gens de la haute classe,
Et s'il mangeoit quelquefois
Aux dix-sols chez son hôtesse,
Le Marquis & la Comtesse
S'en plaignoient à haute voix,
Et quelque fois la Duchesse ;
Mais auroit-il pû durer,
Sans la diete salutaire ?
Une longue & bonne chere
Empêche de digerer.
N'étoit-il pas grand dommage
Qu'avec ces fameux repas,
Qu'avec son gros heritage

Le reste ne quadrât pas.
Deux habits de la boutique
Du réparateur Fourbin,
Un Cheval vieux domestique
Qu'un long service au moulin
Avoit rendu plus qu'éthique,
Un serviteur pour son pain
En composoient tout le train.
Encor l'avoine étant chere
Le Cheval fut à l'enchere
Vendu pour avoir du foin,
Dont il avoit grand besoin.
De peur que son équipage
N'en perdît de son renom,
Le Sire tripla le nom
Du valet dans son vieux âge,
Qui fut, par nouvel usage
Pierrot, Jasmin, Bourguinon;
Après ce renfort bizarre
Il faisoit tel tintamarre

Dans le lieu qui l'aubergeoit,
Que chacun en délogeoit :
Comme ſi les noms qu'il donne
Multiplioient la perſonne.
Pierrot étant chez autruy,
Il vouloit qu'à la même heure
Bourguignon dans ſa demeure
Se préſentât devant luy.
La choſe étant impoſſible ;
Autre caprice riſible,
Jaſmin étoit appellé,
Menacé d'être étrillé,
S'il ne venoit comparoître
A l'ordre exprés de ſon maître.
Aprés que ſa vanité
Avoit ainſi radoté,
Il alloit chez ſa maîtreſſe
Se diſtiler en tendreſſe ;
L'amour, à ce qu'il diſoit,
N'avoit au prix de ſon ame

Delicateſſe ni flamme,
Et celle qui l'embraſoit,
Quoique mediocre brune
Avoit des traits éclatans
Qui faiſoient honte à la lune,
Même au ſoleil du printems ;
Et pour rehauſſer le luſtre
Des yeux qui l'ont éblouïi,
Châteaux, Equipage illuſtre
N'attendent plus qu'un oüi ;
Mais ce qui le deſeſpere,
C'eſt qu'on ne s'empreſſe guere
D'acheter un ſi grand bien
D'un mot qui ne coûte rien.
Cloris n'étoit pas ſi neuve,
Quoique jeune, elle étoit veuve
D'un certain nombre d'amants,
Qui ſur les biens qu'on ſe donne
Avoient prés de ſa perſonne
Décredité les ſermens :

Vous allez penser peut-être,
Qu'à Bourdeaux ces favoris
De notre jeune Cloris
Ou dans Caen reçurent lettre ;
Point du tout, & c'est Paris
Qui les avoit tous vû naître ;
Quoy ! vous en êtes surpris ?
Apprenez qu'on étudie
Si bien ici les Gascons,
Et les gens de Normandie,
Qu'ils pourroient dans leur copie,
Souvent trouver des leçons.

Or pour reprendre l'histoire
Du héros que nous chantons,
Ne pouvant en faire accroire
Par mille belles raisons,
Il crût qu'il falloit des fêtes,
Pour avancer ses conquêtes.
Il proposa donc un jour
La promenade à la belle,

Laiſſant penſer qu'à ſon tour,
Par un regal digne d'elle
Il marqueroit ſon amour :
Sa Maîtreſſe aimant à rire
Y conſentit auſſi-tôt,
Et fit mettre de l'écot
Celimene & Dejanire
Dés que tout fut apprêté
Un Fiacre ouvrant ſon côté,
Reçut notre illuſtre troupe
Dans ſes flancs, Pierrot en croupe:
C'étoit veritablement
Un triomphe magnifique
Pour notre celebre Amant.
Dans ſa fierté héroïque
Il faut voir comme il explique
Son genereux mouvement ;
De quel œil il vous regarde
Tous les gens qui ſont à pié,
Et de quel air il leur darde

Maint quolibet eſtropié.
  Aprés ſécouſſe & ſécouſſe
On deſcendit au Jardin,
Où ſur l'herbette & la mouſſe
On fit ſervir le feſtin :
Une ſervante échapée
Des cuiſines de Vulcain,
Apporta, la gale en main,
Une ſalade équipée,
Par les vrais doigts du dédain,
Laituë à demi lavée
Au fond d'un gras plat d'étain
Dans le vinaigre noyée.
Aprés des mets ſi friants
Il vint un autre ſervice,
Morceau de lard de ſix ans
Enſeveli dans l'épice.
D'abord qu'il peut être vû,
Le Gaſcon ſe felicite
D'être dans un lieu pourvû

Des pieces d'un tel merite,
Et ce qu'il ne comprend pas,
C'eſt que la troupe interdite
En faſſe ſi peu de cas.
Il crut que par ſon exemple
Leur appetit excité,
Feroit au mets préſenté
Tout au moins bréche plus ample.
Mais en vain pour ce beau choc,
Les harangue ſa mâchoire,
Elles avoient pour leur gloire
Mis leurs belles dents au croc,
Et dans leur juſte humeur noire
Du régal peu régalant,
Maudiſſoient bien le galant,
Qui fit même pour leur bouche
Servir du vin dont leurs yeux
Voyoient tout auprés la ſouche
Qui le produit dans ces lieux:
Car au moins ſi la bouteille

Enfant de meilleure treille
Eût présenté ses appas
Dans ce rustique repas,
Il est seur que chaque belle
Se consolant avec elle
A la place du chagrin
En auroit logé le vin:
Car depuis quelques années
On sçait que nos Dulcinées
Se trouvent bien avec luy,
Que dans leur fête bachique
Elles font souvent la nique
Aux biberons d'aujourd'huy.
Notre troupe delicate
N'ayant donc rien qui la flate,
Fit aussi-tôt son adieu
A ce miserable lieu.
O Dieux! quel funeste orage?
De sombres, d'affreux regards,
De lardons & de brocards,

Fondit ſur le perſonnage
Au retour de ce voyage ;
En vain par des traits plaiſans
Et des contes médiſans
Il crut ramener la joye
Au cœur des Cloris en proye :
A mille dépits cuiſans
Tout leur parut auſſi fade
Que le lard & la ſalade.

Ce ne fut pas encor tout,
Dans cette triſte journée
Sa mauvaiſe deſtinée
Voulut le pouſſer à bout.
Arrivez à la demeure,
Il prétendit retrancher,
Au dommage du cocher,
L'eſpace de trois quarts d'heure.
On ſçait comme cette Gent
A coutûme d'être honnête
Comme elle baiſſe la tête,

Quand on lui veut ſur l'argent
Rogner ce qui lui compete.
Vous avez déja conçû
Avec quel genre de fête
Notre Gaſcon fut reçû.
Cependant comme ſa bourſe
Commençoit à s'applanir
Que Madame la reſſource
N'étoit pas prête à venir,
Il ſoûtient que pour la courſe
Suffit le prix ajugé.
Le voilà donc rechargé
De plus d'un titre honorable,
D'eſcroc, d'indigne craſſeux,
De cadedis miſerable,
D'Amant à cadeaux fameux,
Homme à plaiſante encolure,
Novice en fait de voiture,
Et mille autres pareils traits
Enrichirent ſes portraits.

Comme toutes ces paroles
Etoient argumens frivoles,
Prenant un ton infernal
Payez-moi dit ce brutal,
Sur l'heure, ou je vous arrache
Tout le poil de la moustache.
A peine eût-il achevé
Cette nouvelle incartade,
Que l'adversaire bravé
Le bourra d'une gourmade.
Le Cocher reconnoissant
La rendit avec usure;
Le Garronois rougissant
De la grandeur de l'injure,
Dégaîne, le va pressant,
Et le Cocher rugissant
A grands coups de foüet écarte
La tierce ainsi que la quarte,
Envoit chapeau d'un côté,
De l'autre cheveu prêté,

Et pour dire tout le crime
Maint demi cercle s'imprime
Sur l'Amant déconcerté.
  Pierrot dans cette querelle
Voulut aussi se mêler,
Mais un grand coup de semele
Le fit bien-tôt reculer,
  Enfin on vient, on désarme
Nos genereux combattans,
Cloris à qui le vacarme
Déplaisoit depuis long-temps,
Condamna toute en colere
Le Gascon sur le salaire.
Quoy ! repondit-il d'abord ?
Il est donc vrai que j'ai tort.
Ha ! je reconnois, Madame,
L'égarement de mon ame,
Et je me ressouviens bien
Que quand votre complaisance
Me souffre en votre présence,

Le temps ne me dure rien.
Aprés ce beau tour d'adreſſe,
Dont chacun rit de bon cœur,
Il paya, fendit la preſſe,
Et dépoſant ſa fureur,
Voulut prés ſa Maîtreſſe
Faire valoir ſon erreur :
Mais de tout ce qu'il put dire
Pour toucher ou faire rire,
Il ne fut rien de reçû,
Et le fruit de cette fête
Outre l'horrible tempête,
Fut un congé bien conçû
Qu'il vit jetter à ſa tête.

FIN.

LE FILOU FILOUTÉ

NOUVELLE.

Revuë, corrigée & augmentée.

L'Autre jour aux Tuilleries,
Un maître en friponeries,
Un de ces croque-bijoux
Que nous appellons filoux,
Faisoit, refaisoit sa ronde
Examinant tout le monde,
Sur tout certaines beautez
Qui portent à leurs côtez
L'aiguille qui leur révele
Que leur berger les appelle.
De tout ce qu'il convoitoit
Le peril le dégoûtoit;
Ce n'étoient que gens alerte,

Peu diſpoſez à la perte
Du bien que leur vanité
A cherement acheté,
Dont il enrageoit dans l'ame
Ainſi qu'enrage une femme,
Quand ſon fard, ni ſes talens
N'amenent point de galans.
Déja la lumiere expire,
Le beau monde ſe retire,
Et l'eſcroc fort mécontent
Etoit prêt d'en faire autant ;
Quand ſa mauvaiſe fortune
Lui fit ſans compagne aucune
Voir ſur un banc écarté
Une charmante beauté
Qui relevoit ſa figure
Par mainte & mainte dorure,
Et par horloge de prix,
Dont le galant homme épris,
Cherche d'abord dans la tête
L'art d'en faire la conquête,
Car il n'imaginoit pas

Qu'on n'étaloit ces appas
Que pour l'accrocher lui-même,
Que c'étoit une Boheme
Qui cherchoit ainsi que lui
A vivre aux dépens d'autrui.
Le filou plein d'esperance
S'habillant de l'apparence
D'un homme de probité,
Vint s'asseoir à son côté,
Croit à son dehors modeste,
A ses regards, à son geste,
A son grand air de bonté,
Qu'Agnez a ressuscité.
Dans cette douce créance
Il rompt ainsi le silence:
Madame, excusez l'amour
Qui m'a dans cet heureux jour
Inspiré la noble audace
De partager cette place,
Pour vous mieux faire l'aveu
De l'ardeur du plus beau feu,
Que jamais aucune femme

Ait allumé dans une ame:
Ces beaux yeux, ces doux attraits
M'ont percé de mille traits,
Mais la peur de vous déplaire,
M'avoit jusqu'icy fait taire.
Monsieur, répond la Philis,
Vos discours sont fort jolis,
Et j'admire votre adresse
A feindre tant de tendresse;
Un Cavalier si bien fait
Choisit un plus bel objet.
Ces paroles obligeantes
Flattent les folles attentes
De notre galant filou,
Qui pour trois quarts du bijou
N'eût pour lors cedé sa place;
Il soûtient donc sa grimace,
Atteste ses faux tourmens
Par un millier de sermens,
Et semble du fond de l'ame
Tirer des soûpirs de flamme.

La

La matoiſe fait ſemblant
De ſe rendre à cet accent;
Le matois hors de lui-même
Se dit dans ſa joye extrême
Le plus heureux des humains,
Il la ſerre entre ſes mains,
Tranſporte la plus adroite
Sur ce qui pend à ſa droite:
Mais il étoit attaché
Par un certain nœud caché,
Qui ſçavoit fort bien mettre ordre
Que perſonne n'y pût mordre,
Fineſſe que notre amant
Ne ſoupçonnoit nullement.
A l'effort qu'elle ſent faire,
Philis connoît ſon confrere,
Et prend encor plus de ſoins,
Pour qu'il la connoiſſe moins.
Elle paroît donc charmée
De ſon intrigue formée,
Et ſemble à notre filou

Abandonner le bijou,
Il lui portoit mainte bote,
Lorſque notre habile ſote
S'écria d'un air tranſi :
Dans quel peril me voici ;
J'étois bien préoccupée
Pour ne pas voir votre épée,
Mon époux eſt ſi jaloux
Des Cavaliers tel que vous,
Que je me croirois perdue
Si par malheur j'étois vuë
Seule avec vous dans ce lieu.
Il faut donc nous dire adieu,
Ou que ſous nos pieds pour l'heure,
Votre épée ait ſa demeure :
L'eſcroc ne balança pas
A mettre ſes armes bas :
Enſuite tranſport extrême,
Tendre & frequent je vous aime,
De l'un & l'autre côté
Jure la fidelité.

Pendant cet amoureux trouble
Le croque bijou rédouble
Ses témeraires efforts:
La belle lui dit alors;
Monſieur, un moment de grace
Abandonnez votre place
Pour certain petit beſoin
Qui ne veut point de témoin,
Et ſoyez aſſez honnête
Pour ne point tourner la tête:
Il fut debout à l'inſtant,
Et promet en s'écartant
A ſa maîtreſſe nouvelle,
De ne revenir prés d'elle
Qu'aprés être rappellé;
Si-tôt qu'il eut détalé,
Elle cacha ſous ſa jupe
L'épée & laiſſa la dupe:
Qui s'ennuyant à la fin
Du ſilence de Catin,
Voulut malgré ſa promeſſe,

Voir d'où venoit sa paresse.
Jugez de l'étonnement
Qui le saisit au moment
Qu'il vit qu'avec son épée
Elle s'étoit échapée,
Confus jusqu'au dernier point
Il ne se possédoit point,
Ne pouvant jamais comprendre
Qu'il se fût laissé surprendre,
Qu'on eût payé ses amours
En argent de même cours,
Qu'en voulant prendre une montre
Son épée eût resté contre;
Il courut d'abord aprés,
Chercha, rechercha de prés,
Mais tout étant inutile,
Cet écolier d'Ambreville
Fut tout triste en sa maison
Mieux étudier sa leçon.

FIN.

Le prix est de douze sols.

APPROBATION.

J'Ay lû par ordre de Monſeigneur le Chancelier, un Manuſcrit intitulé : *Les Regrets de Sancho Pança ſur la mort de ſon Aſne, ou Dialogue de Sancho Pança & de Don Quichote ſur le même ſujet, & autres Nouvelles en vers*, & je n'y ay rien trouvé qui peut en empêcher l'impreſſion. Fait à Paris ce 4. Janvier 1714.

HOUDAR DE LA MOTTE.

PRIVILEGE DU ROY.

LOUIS par la grace de Dieu, Roy de France & de Navarre ; A nos amez & feaux Conseillers, les Gens tenans nos Cours de Parlement, Maistres des Requestes ordinaires de notre Hôtel, Grand Conseil, Prevost de Paris, Baillifs, Sénéchaux, leurs Lieutenans Civils, & autres nos Justiciers qu'il appartiendra, SALUT. Notre bien amé le Sieur *** Nous ayant fait exposer qu'il desireroit faire imprimer *Les Regrets de Sancho-Pança sur la mort de son Asne, & autres Nouvelles en Vers*, s'il Nous plaisoit luy accorder nos Lettres de Privilege pour la Ville de Paris seulement, Nous luy avons permis & permettons par ces Presentes, de faire imprimer ledit Livre en telle forme, marge, caractere, conjointement ou separément, & autant de fois que bon luy semblera, & de le faire vendre & debiter par tout notre Royaume, pendant le temps de trois années consecutives, à compter du jour de la date desdites Presentes. Faisons défenses à toutes personnes de quelque qualité & condition qu'elles soient, d'en introduire d'impression étrangere dans aucun lieu de notre obeïssance ; & à tous Imprimeurs, Libraires & autres, dans ladite Ville de Paris seulement, d'imprimer ou faire imprimer ledit Livre, & d'y en faire venir, vendre & debiter d'autre impression que de celle qui aura esté faite pour ledit Exposant, sous peine de confiscation des Exemplaires contrefaits, de mil livres d'amende contre chacun des contrevenans, dont un tiers à Nous, un tiers à l'Hôtel Dieu de Paris, l'autre tiers audit Exposant, & de tous dépens, dommages & interests: à la charge que ces Presentes seront registrées tout au long sur le Registre de la Communauté des Imprimeurs & Libraires de Paris, & ce dans trois mois de la date d'icelles. Que l'impression dudit Livre sera faite dans notre Royaume, & non ailleurs, en beau papier & en beaux caracteres, conformément aux Reglemens de la Librairie. Et qu'avant que de l'exposer en vente, il en sera mis deux Exemplaires dans notre Bibliotheque publique; un dans celle de notre Château du Louvre; un dans celle de notre tres-cher & feal Chevalier Chancelier de France, le Sieur Phelypeaux, Comte de Pontchartrain, Commandeur de nos Ordres, le tout à peine de nullité des Presentes. Du contenu desquelles vous mandons & enjoignons de faire jouir l'Exposant ou ses ayans cause, pleinement & paisiblement, sans souffrir qu'il leur soit fait aucun trouble ou empeschemens. Voulons que la Copie desdites Presentes qui sera imprimée au commencement ou à la fin dudit Livre, soit tenue pour dûement signifiée ; & qu'aux Copies collationnées par l'un de nos amez & feaux Conseillers-Secretaires, foy soit ajoûtée comme à l'Original. Commandons au premier notre Huissier ou Sergent de faire pour l'execution d'icelles, tous Actes requis & necessaires, sans demander autre permission, & nonobstant clameur de Haro, Charte Normande, & Lettres à ce contraires : CAR tel est notre plaisir. DONNÉ à Versailles le vingt-uniéme jour du mois de Janvier, l'an de grace mil sept cens quatorze, & de notre Regne le soixante-onziéme. Par le Roy en son Conseil, FOUQUET.

Registré sur le Registre N°. 3 de la Communauté des Libraires & Imprimeurs de Paris, N°. 805. page 719. conformément aux Reglemens ; & notamment à l'Arrest du 13 Aoust 1713. A Paris ce 29 Janvier 1714.

Signé, ROBUSTEL, Syndic.

www.ingramcontent.com/pod-product-compliance
Ingram Content Group UK Ltd.
Pitfield, Milton Keynes, MK11 3LW, UK
UKHW021005220726
13924UKWH00002B/900